閱讀123

國家圖書館出版品預行編目資料

小兒子. 4, 遲到超人/ 駱以軍原作;
王文華改寫;李小逸插畫. -- 第一版. --
臺北市:親子天下股份有限公司, 2022.9
152面;14.8×21公分 注音版
ISBN 978-626-305-268-0(平裝)
863.596　　111009358

閱讀123系列 — 094

小兒子4 遲到超人

改寫|王文華
插畫|李小逸

原著|駱以軍
轉譯主創、動畫監製、動畫編劇主創|蘇麗媚
動畫導演、動畫編劇|史明輝
本作品由夢田影像授權改編

責任編輯|張佑旭
特約編輯|廖之瑋
美術設計|林子晴
行銷企劃|翁郁涵

天下雜誌群創辦人|殷允芃
董事長兼執行長|何琦瑜
媒體暨產品事業群
總經理|游玉雪
副總經理|林彥傑
總編輯|林欣靜
行銷總監|林育菁
副總監|蔡忠琦
版權主任|何晨瑋、黃微真

出版者|親子天下股份有限公司
地址|台北市 104 建國北路一段 96 號 4 樓
電話|(02)2509-2800　傳真|(02)2509-2462
網址| www.parenting.com.tw
讀者服務專線|(02)2662-0332　週一～週五:09:00~17:30
傳真|(02)2662-6048　客服信箱| parenting@cw.com.tw
法律顧問|台英國際商務法律事務所・羅明通律師
製版印刷|中原造像股份有限公司
總經銷|大和圖書有限公司　電話:(02)8990-2588

出版日期| 2022 年 9 月第一版第一次印行
2024 年 5 月第一版第二次印行
定價| 300 元
書號| BKKCD156P
ISBN | 978-626-305-268-0(平裝)

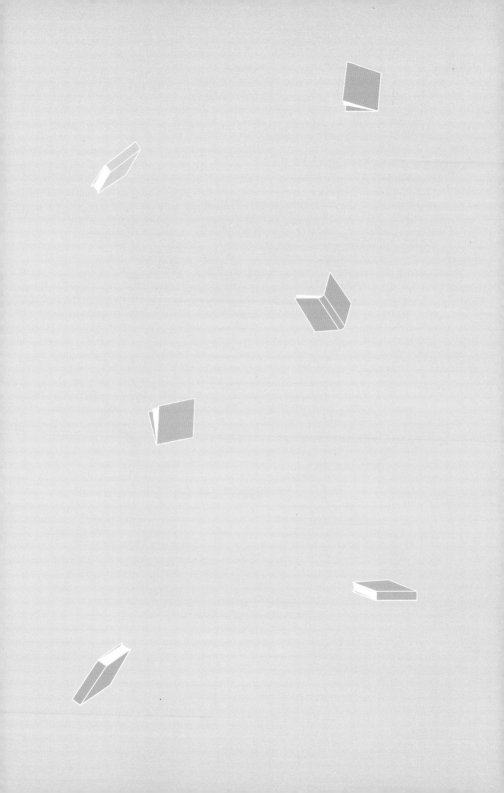

小兒子 4

遲到超人

改寫 王文華　插畫 李小逸　原作 駱以軍　角色設定 夢田影像

目錄

噭噭！
!?
我的家被他佔了。
阿甯咕，你不是要幫我踩背，爸爸的背酸死了。
阿甯咕，垃圾車快來了，回收整理好了嗎？
家裡好像少了一個人？
我們要去打球啦。

你在做什麼？
我想用小狗的眼睛看世界，用動物風格寫今天的造句功課。
汪！汪！汪！
沒錯，汪！
這你寫的？
你竟然敢在這裡撒野，別忘了，這是我的狗屋！
2. 不管……
我不管三七二十一，衝過去把骨頭咬走了。
3. 驕傲……
她用力搖著尾巴，兩眼炯炯有神，驕傲的望著狗爸爸。
既然如此，你多造點句子，看看有沒有那個天分吧！
我們家又要出一個作家了，希望長大別像爸爸一樣懶。

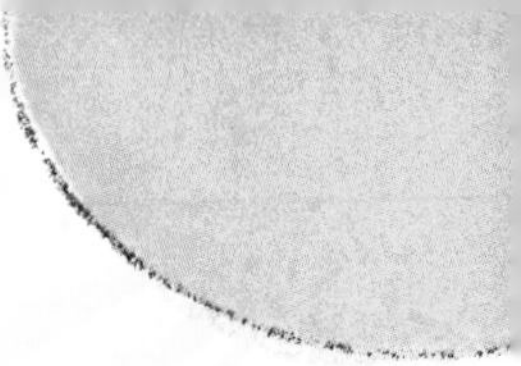

今天到底哪一天？

天氣很熱，大家都要去游泳。

駱爸一路交代兩個兒子：「要跟人保持距離，不准偷尿尿。」

「還有，不要亂踢腿，也別喝泳池裡的水。」

大人對小孩，就是有很多叮嚀，很多要求。

阿甯咕一路點著頭，像知了一樣的說：

「知道了！

知道了！

知道了！」

阿甯咕換好泳褲，走到泳池邊，有種怪怪的感覺。

他摘下蛙鏡，這裡是他們常來的「井底蛙」游泳池，但是人呢？

暑假的井底蛙，不管幾點鐘來，裡頭永遠都是人：大人浸在三溫暖，小孩待在兒童池，戶外陽光普照的滑水道，擠滿「游」客。

今天井底蛙很空蕩，除了他們三個「井底蛙」。

阿甯咕看看哥哥阿白，阿白看看駱爸，駱爸大叫一聲：「難道開學了？」

一定是這樣，只有開學了，游泳池才會這麼空。

這麼迷糊的事，這個暑假，他們做過不少次。

在不是丟垃圾的日子，提著大包小包的垃圾、廚餘找垃圾車。

圖書館休息的時間，千里迢迢跑去那裡借書。

記錯了夜市的日期！

連返校日都弄錯！

阿甯咕跟著爸爸和哥哥，急急忙忙跑到出口，不過，電子鐘明明白白寫著：八月二十五日。

「現在還是暑假啦。」阿白說：「亂擔心。」

好吃夜市
圖書

「會不會電子鐘壞了？」

阿甯咕的話，提醒了駱爸，他拉住清潔人員：「今天到底幾號啊？」

那個阿伯看看鐘：「八月二十五日啊。」

「怎麼裡頭都沒人呢？」

阿伯急忙搖著手：「那不是我管的事，我只負責掃廁所。」

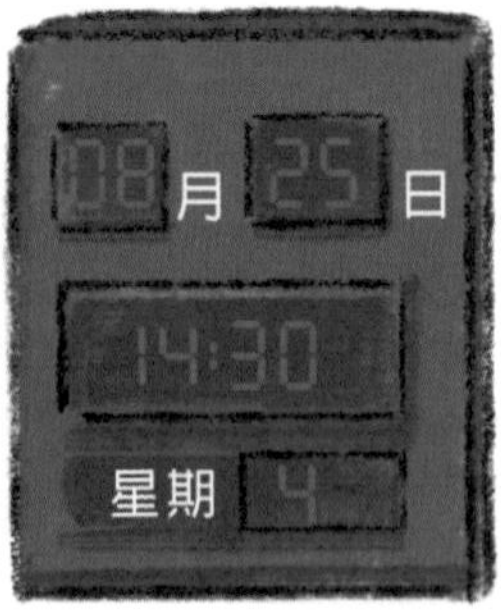

駱爸放心了，故意逗他們：

「一定是外星人攻打地球，把井底蛙的客人都抓走了。」

「騙小孩。」阿白搖搖頭。

「又來了。」阿甯咕說完，跳下水，像隻青蛙在水裡游。

阿白坐在池邊：「如果外星人真的來了……」「那也會先抓爸爸啊。」阿甯咕拉著阿白，讓哥哥也掉進泳池裡。

日光在水面晃晃，阿白和駱爸的笑聲，竟然有回聲，哈哈哈，哈哈哈。

阿甯咕像條鯨魚，仰游著，時不時吐出一道水柱，水柱落下的聲音，格外巨大。

這條鯨魚游到駱爸身邊，他還是想不明白。

「爸爸，很奇怪耶，人到底都去哪兒了？」

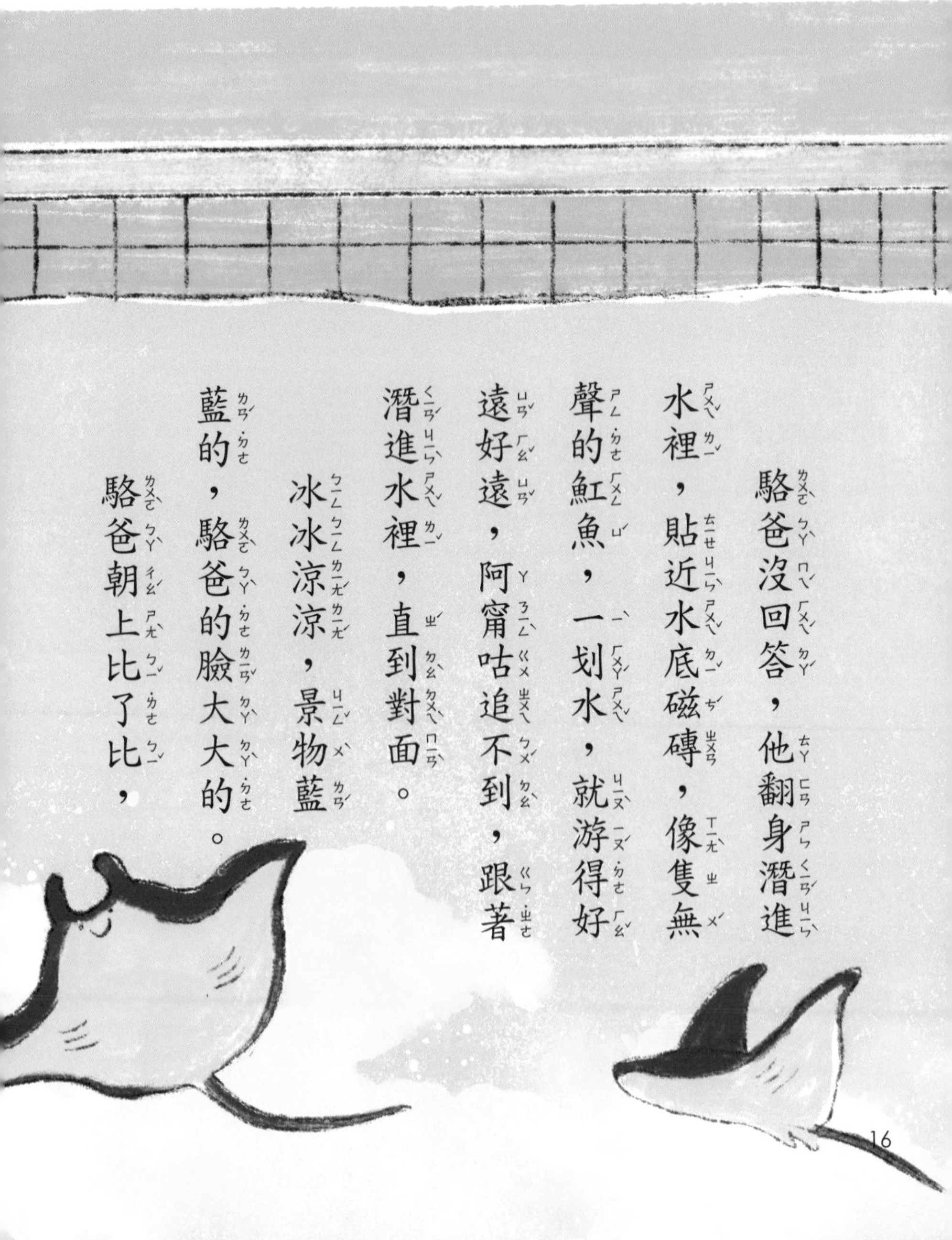

駱爸沒回答，他翻身潛進水裡，貼近水底磁磚，像隻無聲的魟魚，一划水，就游得好遠好遠，阿甯咕追不到，跟著潛進水裡，直到對面。

冰冰涼涼，景物藍藍的，駱爸的臉大大的。

駱爸朝上比了比，

阿甯咕鑽出水面，跟著爸爸靠在池邊。

「水底是不是很安靜？」駱爸問。

阿甯咕點點頭。

「我就是喜歡這種安靜。」駱爸有一肚子的話想說：「你們上學的時候，我自己來游，就是像今天這樣，不用管外頭的風風雨雨，不用管國家社會大事，安安靜靜……」

「爸爸，你只是個小說家。」

「但是我有時也會擔心國家大事，擔心奶奶身體，擔心你和阿白的未來……」

阿甯咕靠在他的身邊：「爸爸，你太早有大叔的悲傷了，乖，再去游三圈。」

駱爸搔搔頭：「人小鬼大，現在到底誰是爸爸？」

「你是爸爸啊，但是小孩子也可以有大人的時候哇，現在就是那個時候！」

「大人變小孩，小孩變大人？」

阿甯咕安慰他：「你放心，我們小孩變成大人的時候，不會有那麼多叮嚀！」

他說完，又像條鯨魚，吐著水，一路慢慢慢慢的游走了。

一直到他們游到再也游不動了，三隻井底蛙走到出口，工人正把電子鐘取下來。

「前幾天停電，電子鐘壞了。」工人說：「慢了好多天呢。」

「果然是壞的，」三隻井底蛙大叫一聲：「難怪都沒人！」

想當作家，造句卻沒有主詞，到底誰去遙遠的海岸。

曾經啊，主角的名字叫做曾經。

奇幻風

造句練習

1. 曾經……

曾經到離家最近的游泳池，聽見美人魚唱著悲傷的歌。

改 阿白曾經在游泳池邊，聽見美人魚唱著悲傷的歌。

2. 終點……

尖叫著，跳上一條沒有終點的滑水道。

改 大頭尖叫著，跳上一條沒有終點的滑水道。

你總不會說，這個跳上滑水道的人名叫「尖叫」吧？

當然不是啊，這個人叫做「尖叫著」。

怪男孩

陽光好舒服，上學的路面金光閃耀，這麼美好的早上，阿甯咕卻發現：那個小朋友怪怪的。

看身材，和他差不多，但是走路不好好走，一路東張西望。

地上的東西很髒，他撿起來放進書包。

碰上流浪狗，他過去拍一拍，逗一逗。

明明都快遲到了，竟然不急。
怪怪的，怪怪的，這些行為簡直跟阿甯咕一樣。

「那怎麼可以呢？」

這一條路上的大狗小狗流浪狗，阿甯咕都認識，要是被怪男孩拐跑了怎麼辦？這條路上的寶貝還有：破掉但花紋很漂亮的磁磚、被車子壓扁卻沒見過的鐵罐、壞掉卻可能修好的玩具，如果被他撿走……

阿甯咕加快腳步，走到那個小朋友前面，嘿嘿，幸運的撿起一個易開罐的拉環。

「好東西呀，好東西！」

阿甯咕故意大聲的說。

其實，這種拉環他早就有了，但是，他得讓那個小朋友知道，這裡是誰的地盤。

沒想到，那個怪怪的小朋友走得更快，在路邊的樹籬下，踢掉一個他沒看過的罐子。

框啷，罐子落到地上，框啷響。

那麼好的罐子欸！

「你很奇怪欸，那麼好的東西，竟然不要。」阿甯咕說。

「你才奇怪咧，那個罐子，是要送給回收爺爺。」

那個怪怪的孩子說完，把罐子踢到街邊，

剛好踢給推著腳踏車走來的爺爺。

只是，地上有個窟窿，爺爺的腳踏車撞上去，唰啦一聲，腳踏車倒了。

滿車的東西掉下來了，嘩啦啦啦滾得好遠。

阿甯咕從以前就很想知道，回收爺爺的車裡有什麼寶貝，他衝過去，想看仔細。

怪男孩比他快，先幫爺爺把箱子搬回來，再把保特瓶撿起來，搶著把腳踏車扶好，然後將亂跑的布袋提過來。

「我也來幫忙。」阿甯咕擔

心，爺爺的寶貝被偷了……

「謝謝啊，謝謝你們。」爺爺的視力不太好，他可沒看到怪男孩的手抵著阿甯咕，阿甯咕的手架著怪男孩的背。

「爺爺的。」那男孩說。

「不是你的。」阿甯咕說。

讓阿甯咕想不到的是，那個怪男孩，竟然還把撿來的一書包好東西，全都拿出來：「爺爺，送給你。」

「好孩子，好孩子，真是個好孩子。」

男孩在陽光下，睜著大眼望著阿甯咕。

「我……我也有好多東西要送爺爺。」

阿甯咕講這話的時候，嘴巴乾乾的，動作慢慢的，剛找到的拉環、罐子、幾個螺絲全放進爺

爺的回收車。

「謝謝，謝謝，你們都是好孩子。」

可惜，好孩子阿甯咕，事事慢怪男孩一步。

怪男孩踏進校門後，鐘聲響了。

阿甯咕跟在他後頭，學務主任一抓：「做什麼去了，上學遲到。」

「他也是……」

「遲到超人今天早你一步，你去學務處罰站！」

「遲到超人？」駱媽聽到這兒，懷疑的問：「你今天遲到，是因為幫爺爺撿回收。」

「他是天天遲到的曹忍！」阿甯咕說：「曹操的曹，忍耐的忍，念起來就像超人。」

「我送你去學校，你卻去撿回收？」駱爸大喝：「這是什麼行為？」

「英勇的行為啊。」阿甯咕說：「我幫爺爺把車子扶起來，把爺爺的東西撿回來，所以他送我這個……」

阿甯咕的手裡，有個壞掉的鬧鐘。

「不好好上學，還跑去撿回收。」

「這是爺爺送我的，他說，你要什麼自己拿，我本來不想要的，爺爺一直說不要客氣。」

「是你不客氣吧？」駱爸鼻孔都快噴出煙來了。

駱媽嘆口氣：「遲到超人呢？他有沒有拿？」

駱爸突然想到，要是那個什麼超人也有拿，至少不會只有駱家丟臉。

可惜，阿甯咕逗著端端說：「他沒拿，但是他來陪我罰站，他說一天沒罰站就怪怪的，真是個怪男孩。」

童話風

造句練習

你這意思沒寫完啊，幸福快樂的什麼？

本來就還沒完啊，他們說不定會吵架啊，我先空著，等他們結婚五十年後再說。

造句還有續集呀？

1. 從此……

從此，青蛙和公主過著幸福快樂。

改 從此，青蛙和公主過著幸福快樂的日子。

2. 流浪……

秋天的，大聲唱著歌，後來，秋天的就不流浪了。

改 紡織娘唱著歌，跟著秋風去流浪。

哈哈，你漏寫了，秋天的什麼，你是指蟲還是水，鳥還是風？

秋天的蟲呀鳥呀牠們都會唱歌，不用寫出來，有人不知道嗎？

我就不知道。

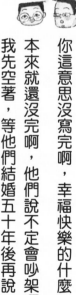

遲到超人

樹上有鳥巢，阿甯咕正想爬上去，旁邊竄過一個身影，是遲到超人。

「有雛鳥，你不要上來嚇壞牠們。」超人在樹上說。

「我先看到的。」阿甯咕很生氣。

「我先爬上來的。」

「上學要遲到了，你還不下來？」

「烏媽媽沒回來，我怕有人欺負牠們。」遲到超人說到這裡，故意看看阿甯咕。

「我不會欺負小鳥。」阿甯咕決定去上學：「你死定了，你今天又會遲到了。」

可是，遲到超人本來就不怕遲到啊，阿甯咕想到這裡，覺得自己又輸了他一次。

那是前天的事。

阿寗咕是個不怕挑戰的孩子，昨天上學，
他身上每隻細胞都做好萬全準備。

「細胞應該用個做單位。」駱爸聽到這兒糾正他。

「爸爸，那不是重點。」

「話都說不清楚，怎麼不是重點，你讓端端變成一個狗看看。」

端端抬起頭，委屈的叫了一聲。

「好好好，我昨天上學，身上每個細胞都做好萬全的準備。」

「準備做什麼？」駱媽也問。

「唉呀，被你們吵得我差點忘了……」

阿甯咕昨天上學時，對面的路上有隻像端端的小狗。他的書包裡有三明治，正想拿出來請小狗吃時，遲到超人也來了。

他不但來了，還朝小狗喊了聲：「乃哥！」

乃哥就這樣跑去找遲到超人了。

人比人氣死人，阿甯咕認得街上的流浪狗，遲到超人卻能叫出流浪狗的名字。

「哪有狗的名字叫做乃公的？」駱爸不相信。

「爸爸，是乃哥，而且我還沒說完啊！」

阿甯咕不想輸給遲到超人，拿著里肌三明治大叫：「乃哥，乃哥，來吃早餐了。」

乃哥開心的衝過馬路，但牠衝太快了，被一輛經過的公車撞到，先在空中翻了兩個筋斗，落到地上時，彈了五下，爬起來，吐三口血，這才跑過來，咬走阿甯咕手裡的三明治。

聽到這兒，阿白搖著頭：「你的故事，比爸爸的小說還扯！」

端端叫了兩聲，支持阿白。

「阿白，我寫小說用的是想像力，不是胡扯力。」駱爸回頭跟阿甯咕說：「這怎麼可能，翻筋斗、吐血，再來吃三明治，我的小說如果這樣寫，讀者會抗議。」

駱媽關心的是另一件事：「你好好解釋，今天怎麼又遲到了？」

今天，阿甯咕快走到學校時，發現送報奶奶的摩托車壞了。白髮瘦弱的老奶奶，抬不動那袋又沉又重的報紙，他看看四周，沒看到遲到超人，哈哈，他終於搶在遲到超人之前了。

「奶奶，我來幫您。」阿甯咕搶著去拿報紙。

沒想到，那奶奶死命抱著報紙：「不……不用了。」

「奶奶，我來幫您！」遲到超人果然也來了，旁邊還有那條叫乃哥的小狗。

「這是我先看到。」阿甯咕急了。

「這是我奶奶！」遲到超人說了。

「而且我今天先跑過來，昨天樹上……什麼，你奶奶？」

遲到超人扶著老奶奶，後頭跟著乃哥，準備去送報紙。

駱爸抗議了：「可是那條叫做乃公的狗，你說牠昨天還被撞到翻筋斗。」

「爸爸，是乃哥！」

「不管他是乃公還是奶瓶，昨天又翻筋斗又吐血，今天怎麼可能全身好好的幫忙送報紙！」

「超人幫奶奶送報紙，」駱媽有意見：「怎麼老師說你今天又遲到了？」

「因為，」阿甯咕也有話要講啊：「我沒看過小狗送報紙啊，所以……。」

恐怖風

造句練習

1\. 消滅……

消滅阿飄這種芝麻大豆的事，讓我來吧！

改 消滅阿飄這種芝麻綠豆大的事，讓我來吧！

2\. 再也……

外太空缺水，我再也不用洗臉刷牙了，真恐怖。

改 火星缺水，我找到水源後，那裡再也不缺水了。

是芝麻綠豆吧，你別亂用成語。

那我改成芝麻小豆的事，行了嗎？

不刷牙洗臉，這哪裡恐怖了？

十年不刷牙，當然恐怖，嘴巴一張開，連妖怪也不敢過來。

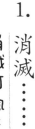

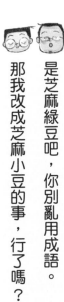

駱氏三俠

「就這樣！」

滿臉鬍渣的駱爸大叫一聲，從書房走出來：「我的小說，寫完了。」

駱爸在書房裡，閉關

寫了三個月的書，終於完成了。

只是，他激動的喊完後，屋子裡卻安安靜靜的。駱媽不在家，阿白在讀書，阿甯咕忙著做機器貓戰鬥車。端端抬起頭，看看沒事，繼續趴著。

「兒子們，難得今天為父寫完稿子。」駱爸哈哈大笑：「我們父子三人，出門走走吧！」

「我明天要考試。」阿白說。

「我的勞作還沒做好。」阿甯咕說。

「為父的現在就需要你們。」

駱爸一聲令下，兩個兒子依然動也不動，他只好一手拉一個，終於趕在夕陽下山前，把他們拖出家門，走到河堤公園上。

人來人往，有人放風箏，有人在跑步。

阿白低著頭，嘴裡念念有詞，啊，他在背英文。

阿甯咕追著端端，時不時被駱爸抓回來。

駱爸心情很好，看著他們說：「兒子啊，為父有種感覺，只要我們團結在一起，一定可以在江湖上，闖下一番轟轟烈烈的大事。」

阿甯咕：「爸爸，你寫的又不是武俠小說，怎麼變得這麼俠客？」

「有嗎？有嗎？看招吧！」這個大名鼎鼎的小說家，就在河堤公園上，追著兩個傻兒子，氣喘吁吁的跑著。

肚子大大的俠客，兩個不愛運動的男孩，在金色陽光下，啊，駱爸有種想要大叫的衝動。

於是他就叫了一聲，像俠客一樣的叫著。

阿甯咕聽起來，只覺得駱爸快要跑不動了。

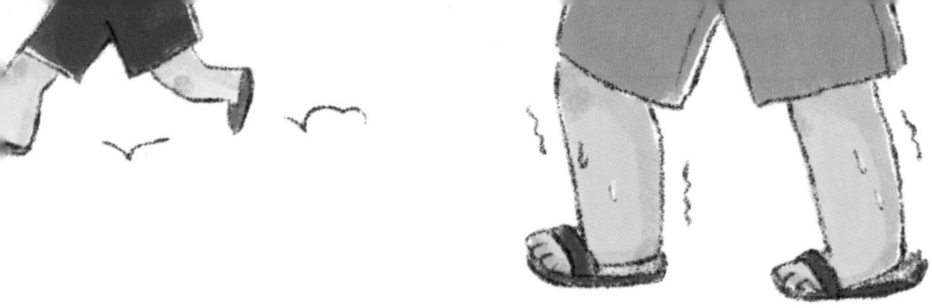

「別追了，你追不上啊！」阿甯咕說。

「瞧不起我，看我的輕功草上飛。」

說是輕功，聽起來卻是沉重的呼吸，以及笨重的腳步聲。

咚咚咚咚。

朝著駱氏三俠而來的，是個年輕的媽媽，牽著一個小小孩。

那個小男孩像個公仔娃娃，穿著白上衣紅褲

子，還有一頂紅通通、形狀像頭盔的帽子。

咚咚，咚……咚！

大俠的腳步，停了下來，兩個少俠也不看夕陽了。

駱氏三俠站在河堤邊，像在欣賞奇珍異獸般，看著年輕媽媽和男孩，

慢慢慢慢經過他們
眼前，然後慢慢慢
慢消失在暮色中。

駱爸感嘆的說：「我們駱氏三俠，就是要保護這樣稚弱的孩子啊。」

阿甯咕說：「爸爸，我們比較像無聊三俠，無聊到看著一個娃娃走路。」

阿白還有聽到：「那個小孩，跟他媽媽說我們是三個胖子。」

阿甯咕氣憤極了：「爸爸，我好想過去警告他喔！」

「那怎麼可以呢？」駱爸拉住他：「爸爸不是告訴你

了嗎，我們駱氏三俠，為所當為，濟弱扶傾，怎麼可以欺負小孩，那不是駱家人做的事。」

「但是爸爸，我想我應該是另外一種大俠，是那種專門欺負弱小的俠客……」

鈴鈴鈴鈴，駱爸的手機響了，他一邊拉住阿甯咕，一邊接電話。

「噓，是出版社打來的。」駱爸說。

「是那個魏姐姐嗎？」阿甯咕不反抗了。

駱爸點點頭。

阿甯咕記得魏姐姐，大學剛畢業，經常打電話找駱爸問問最新的進度。

「我想跟她說話。」阿甯咕說：「你的稿

子不是剛寄給她？」

駱爸沒把電話給他，因為他正朝著手機大吼：「那是什麼讀者，敢說我比扯鈴還要扯……」

河堤公園散步的人都遠遠避開他們。

阿甯咕和阿白擔心的看著駱爸，駱爸激動的對著電話比劃：「他只是個小學三年級的，他懂什麼是文學嗎？妳跟我說，他是哪間小學的，明天我去找他……」

「我們駱氏三俠，」阿甯咕和阿白幾乎拉不住駱爸，但他們很盡責的喊著：「為所當為，濟弱扶傾……」

大俠風 < 造句練習

忍不住又受不了，可不可以去掉一個。

因為大俠很怕被人搔癢啊——

1. 忍不住……

大俠忍不住受不了的笑了出來！

改 少俠阿甯咕忍不住笑了出來！

2. 高超……

駱大俠的武功高超，可以一打十再乘以十。

改 駱少俠的武功高超，竟然能以一打百，讓人佩服。

什麼是一打十再乘以十？

就是他可以一個人對付一百個人，很厲害啊。

就直接講一打一百不是更厲害。

那就缺少數學的美了啊！

上輩子

放學時，水溝邊，阿甯咕發現一隻超大的蝸牛。

「你好！」他對蝸牛說。

「蝸牛，來不及回家嗎？」

大頭決定：「我們幫你。」

他們才剛把蝸牛抓起來，

旁邊傳來一聲：

「男生不要欺負蝸牛！」

是班長嚴莉莉。

「我們想幫牠早點回家。」大頭說。

「這是日行一善。」阿甯咕補充。

班長氣呼呼：「如果你們上輩子是蝸牛，

覺得這樣快樂嗎？」

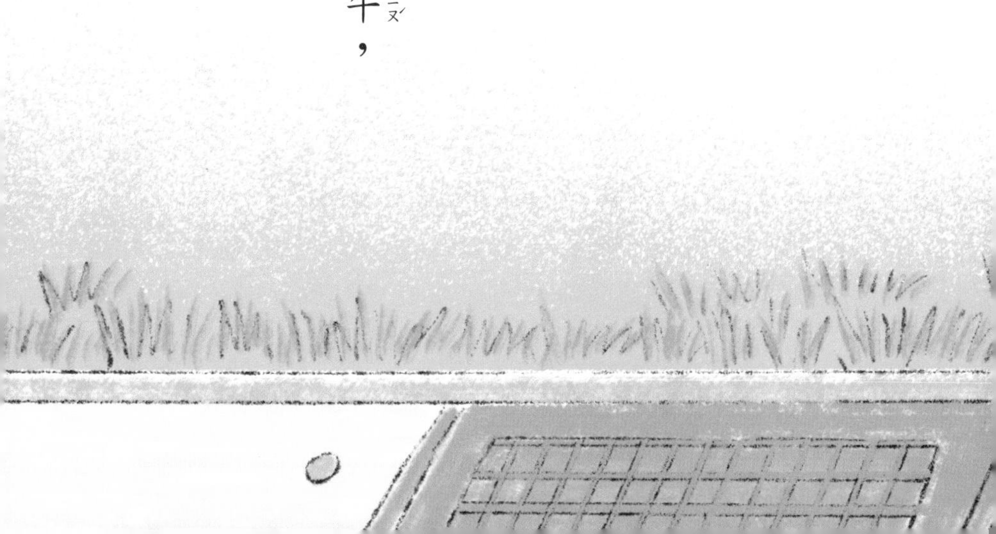

「上輩子……」阿甯咕突然想到：「蝸牛上輩子是拼命跑的馬，這輩子想休息，所以變蝸牛。」

「那就讓牠好好休息！」

有愛管「蝸牛」事的嚴莉莉，阿甯咕只好放掉百年難得一見的蝸牛。

沒有蝸牛，一隻胖貓蹲在牆上，呆呆的望著他們。

「你上輩子是瘦老鼠。」阿甯咕說。

大頭不甘示弱，他指著路邊的大樟樹：

「它以前是棵小樹。」

阿甯咕搖搖頭：

「大樟樹是從南半球滾來的皮球，這輩子才不會動。」

這實在太有趣了，前世是這輩子的相反。阿甯咕急著想把發現告訴駱爸。

這個時間，駱爸在頂樓澆花。

駱爸常常邊澆花邊想小說怎麼寫，今天就是。他除了澆花，也把端端和駱媽晒的衣服，澆得溼答答。

「爸爸，你猜你上輩子是什麼？」

「上輩子……」駱爸搓搓下巴：「我十七歲那年，你奶奶帶我去算命，算命先生說我上輩子是個大將軍，

整天喊打喊殺，要我吃素，如此一來，就可以延長爸爸和你們在人間相互依偎的時光！」

「大將軍？」

「這輩子要吃素，所以爸爸看到滷豬腳、鰻魚飯，蚵仔煎和肉粽，雖然狂流口水，但是堂堂男子漢，」駱爸激動的把水柱舉起來：「會為他心愛的兒子們忍受這麼大的痛苦……」

大水像瀑布，從空中灑落，阿甯咕擦掉眼鏡上的水珠：

「才怪，你是不是昨天半夜偷吃肉鬆？」

駱爸笑了：「我是深夜暴食龍，吃什麼我記不起來。」

「如果爸爸是大將軍，那我……」

阿甯咕腦海裡，跑出一串問題：

我上輩子是個很乖、很沉默的小孩？

哥哥上輩子是個很外向、很疼愛弟弟的人？

媽咪上輩子是不是個很骯髒、很不愛清潔的臭男人？

奶奶上輩子是個很不勤快、很不愛買水果給小孩吃的大胖子？

想到這兒，阿甯咕看看端端，端端傻呼呼的咬著駱爸手裡的澆花水槍：「那端端……」

駱爸記得：「你說端端是足智多謀像孔明一樣……」

「他前輩子是隻低智商的小狗，現在才會這麼冰雪聰明。」

端端跳上跳下表示認同。

「冰雪聰明，怎麼會把便便當冰淇淋舔？我說他前世一定是狀元、進士。」

「爸爸壞壞，」阿甯咕抱起端端：「你上輩子是個心胸寬大，不愛吃大便的人。」

「那隻你從不餵食，卻在水槽活了三年多的中國火龍蜥……」

「牠上輩子是個短命且住在豪宅裡的有錢人。」

「水族箱裡亂電小魚的黑魔鬼……」

阿甯咕當然知道黑魔鬼，牠是電鰻科的魚，如果放進大水族箱，會把其他魚電成魚乾，只能放在小小的玻璃缸裡，日日獨自在裡頭打轉。

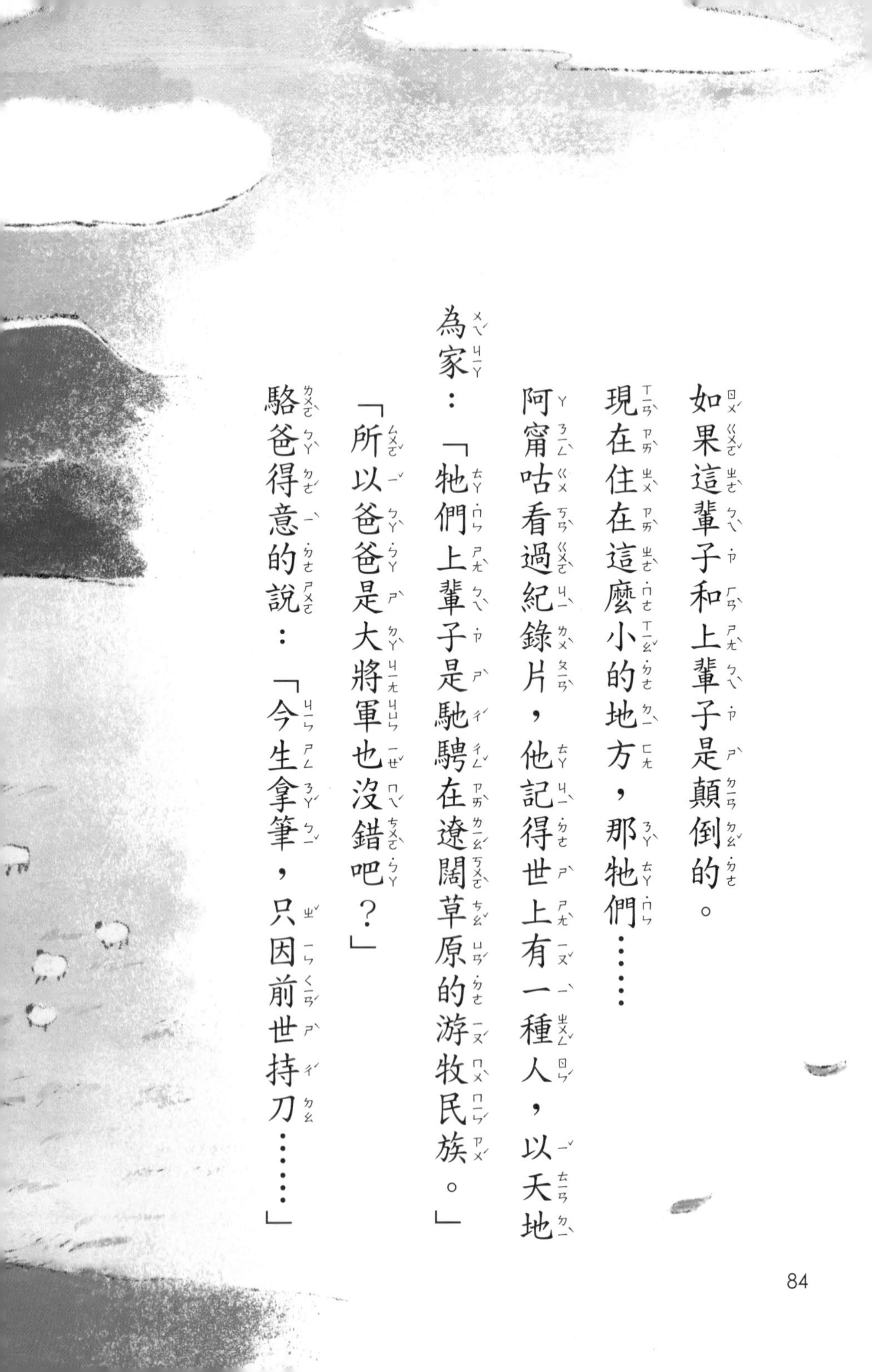

如果這輩子和上輩子是顛倒的。

現在住在這麼小的地方，那牠們……

阿甯咕看過紀錄片，他記得世上有一種人，以天地為家：「牠們上輩子是馳騁在遼闊草原的游牧民族。」

「所以爸爸是大將軍也沒錯吧？」

駱爸得意的說：「今生拿筆，只因前世持刀……」

「不對，」阿甯咕看看溼漉漉的頂樓，腦海裡畫面一閃：「你上輩子是一根超瘦、超乾癟的脫水蘿蔔乾，這輩子才會這麼愛幫頂樓的花澆水。」

誇張風

造句練習

1. 有的……有的……

我家很高級，有的牆用黃金砌，有的牆用白銀砌。

改 我未來的家很高級，有的牆用黃金砌，有的牆用白銀砌。

我不承認，這不是我家。

那是我未來的家啦。

2. ……終於……

那棵小草，不怕風吹雨打，終於長成了大樹。

改 那棵小草，不怕風吹雨打，終於挺過這場狂暴的風雨。

爸爸，這棵草是不是很勵志？

可惜，草是草，草不會變成樹，它再怎麼勵志也沒用。

免投幣式廢話拉霸機

這是個特別的日子，駱爸領稿費了：「今天想去哪裡吃大餐，爸爸請客！」

阿甯咕拍拍手：「當然是二月啦！」

這是阿甯咕最愛去的餐廳，裝潢復古樸實，食物道道美味，但是這家店不大，隱藏在那些光鮮亮麗的建築群裡，很容易錯過，常常要來回幾次，才能找到它。

生意興
二月
梅干扣肉
東坡肉
客家小炒

今天倒是容易，狐狸臉服務生站在門口迎客：

「我最愛的一家人大駕光臨，請進，請進。」

「進當然要進，今天，我有稿費。」駱爸說。

「對，爸爸有稿費，我們有錢。」阿甯咕也說。

走進去，咦，好像只隔一陣子沒來，二月變了。

以前，二月走的是傳統風，牆上掛著毛筆字寫的木頭菜單牌，溫暖的原木色圓桌，還有親切的服務阿姨總會記得每個人的最愛。

現在的二月，牆上掛著看不懂的抽象畫，投射燈照在工業風的方正鐵桌上，每張桌子上，還有一臺找不到開關的拉霸機。

駱爸還發現……

「你們的菜單也換了？」

以前的菜單用毛筆寫著菜名，今天給的是一臺平板，直接在上頭點菜，且菜色全換了：

「這是無國界料理，本餐廳新聘的冰淇淋五星大廚手藝哦，我最推薦今日特選紅酒燉小黃瓜、香料苦瓜盅和法式奶油絲瓜。」那服務生陪著笑臉的樣

子，更像隻狐狸了。

「這個怎麼玩？」

阿甯咕光顧著研究那臺拉霸機，只是他還找不到開關。

狐狸臉笑一笑，只問：「要點菜了嗎？」

駱媽點了一桌新菜，擺上來，滿滿一大桌，她試了一口，搖搖頭：「我還是喜歡傳統菜，涼拌黃瓜不是更好吃嗎？別說菜了，他們連菜單都不見了。」

駱爸夾了塊小黃瓜，感嘆的說：「不見的還有閱讀啊，以前的人喜歡讀真正的書。」

「還好，我們家阿

白，」駱媽說：「小時候讀了不少書。」

「但後來不愛了啊，你看他，原本應該是唐朝杜甫那種人才，迷上電動之後，現在變成……」駱爸抓抓頭，變成什麼呢？

阿甯咕福至心來：「糖炒老皮嫩豆腐。」

「什麼嘛？」

阿白正要爬過桌子找阿甯咕算帳，叮，那臺拉霸機竟然自己轉起來了。

叮叮叮！

拉霸機螢幕裡，出現777，一陣歡樂的音樂傳出來，狐狸臉服務生端了菜過來。

竟然是一盤老皮嫩豆腐。

「我們沒點哦。」駱爸把阿甯咕的筷子架開：「你送錯了。」

「恭喜你們，拉中777，本店招待大家享用。」狐狸臉服務生，笑嘻嘻的，臉上泛著油光，就像那盤老皮嫩豆腐。

奇怪的是，不管阿甯咕再怎麼試，那臺拉霸機又不動了。

是壞了？

還是傻了？

阿甯咕埋頭研究拉霸機，沒時間嘗老皮嫩豆腐。

「先吃飯。」

駱媽生氣了。

「等等嘛！」

阿甯咕是有毅力的孩子，只是不管他使出多大的力氣，拉霸機的拉桿動也不動。

駱爸嘆口氣：「看吧，看吧，現在小孩就只喜歡玩玩具，像阿白就是不肯多讀點書，原本可以是蘇東坡那樣的人才……」

「蘇東坡？你剛才說的是杜甫。」阿甯咕頭也沒抬的問。

「杜甫嗎？我還以為他原本是蘇東坡那樣的人才呢。」

阿甯咕隨口說：「現在變成東坡肉那種好菜。」

叮的一聲，在阿白抗議聲中，拉霸機又轉起來，駱爸驚喜的說：「阿甯咕一說廢話，它就開始轉。」

叮叮叮，777又出現了。

駱爸大叫：「難道這是江湖上消失已久的廢話拉霸機！」

「這道菜也是小店招待。」像說好了似的，狐狸臉又端了一盤菜上來。

「真的是東坡肉。」

駱爸激動到快暈倒了：

「一定是我寫小說的功力大進，才會遇見這臺廢話拉霸機！」

駱爸說時，阿甯咕拉拉他的褲子，因為四周的人正用怪異的眼光望著他們。

駱爸不在意：「現實生活出現小說情節。」

「又來了！」阿白雙手抱胸：「我不認識你們哦！」

駱爸說：「再試一次吧！」

「怎麼試？」阿甯咕也有興趣了。

「阿白原本是杜思妥也夫斯基那樣的大文豪，現在⋯⋯」

「現在是肚子偷藏一隻雞。」

叮！

777！

耶，沒錯沒錯，狐狸臉服務生又來了，只是他沒端菜，送上來的是帳單。

駱媽看看帳單，發現：「三月？你們不是叫做二月？」

狐狸臉服務生笑得好開心：「二月在後面，三月是我自己開的店！」

「原來我們自始至終走錯店？」阿甯咕說。

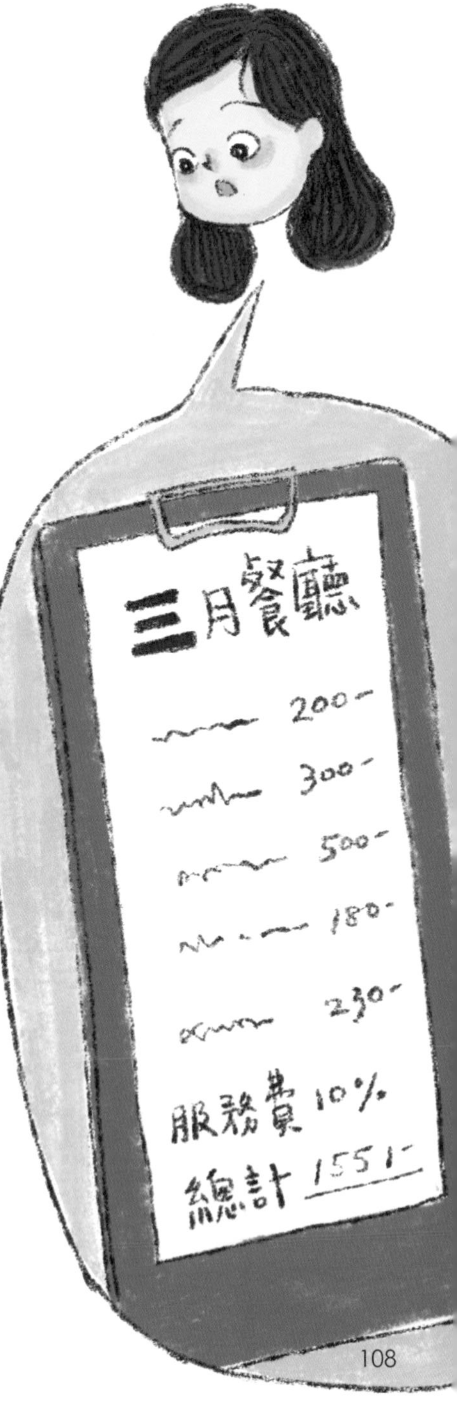

科幻風

造句練習

1. 欣欣向榮……

恐龍滅亡之後，地球一片欣欣向榮。

改 恐龍滅亡後，地球歷經一段時間，才又呈現欣欣向榮的景象。

這太矛盾了吧，恐龍滅亡了，怎麼會欣欣向榮？

因為恐龍滅亡了，其他生物才能欣欣向榮啊。

2. 到處……

火星上到處是五顏六色的銀色太空梭。

改 火星上到處是五顏六色的太空梭。

這句子很科幻吧？

對對對，科幻的五顏六色竟然叫做銀色。

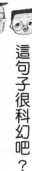

我沒騙你們吧！

太陽下山後，阿甯咕和阿白搭好帳篷了。阿甯咕試試手電筒，嚓！燈亮了，從外頭望過去，帳篷亮亮的，裡頭的影子……

阿白的影子變大了。

阿甯咕的影子變壯了。

突然竄進一頭猛獸，

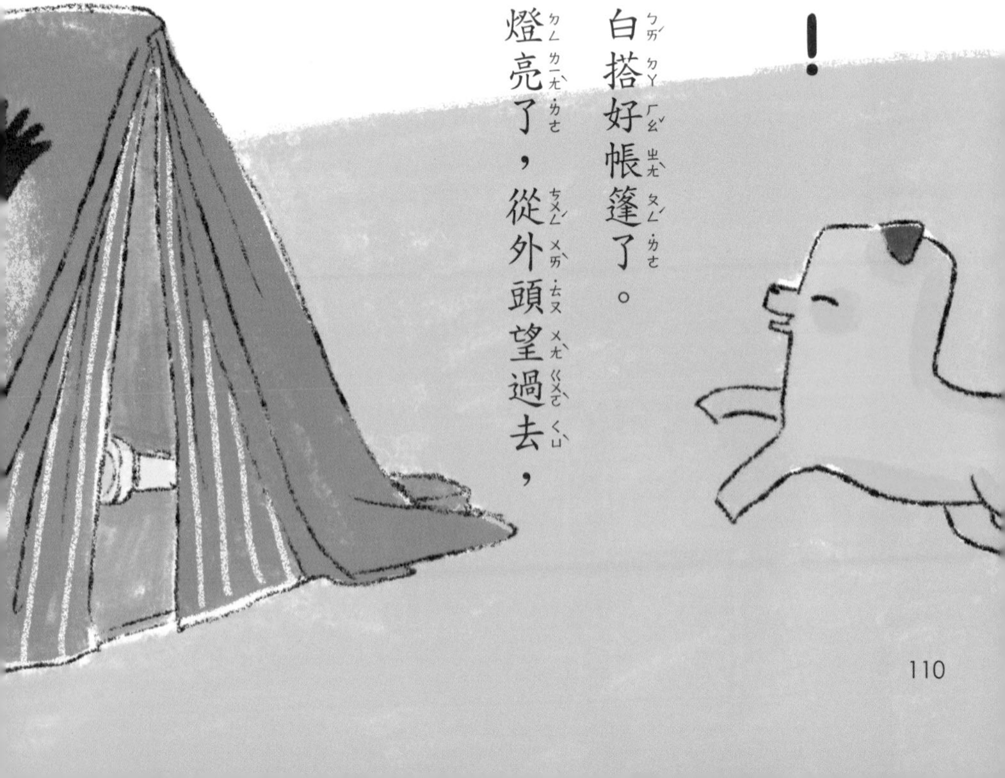

後頭跟著巨人的陰影，帳篷一陣激烈的搖晃。

「端端！」阿甯咕喊，猛獸原來是阿甯咕的小狗。

「爸爸，你帶什麼來？」阿白問，掀開門進來的巨人，是駱爸爸。

「你們媽咪煎了兩塊豬排，她說露營就是要吃吐司夾豬排。」

駱爸一進來，帳篷變得更擠了：「我沒騙你們吧，這裡露營是不是離家又近，又安全……」

「可是看不到星星。」阿甯咕說。

「那是雲層太厚。」駱爸解釋：「雲散了就有機會看星星了。」

「也沒有螢火蟲……」阿白也抱怨。

「地球暖化，溫室效應。」駱爸指著四周花花草草：「這兒環境這麼好，最重要的是，你們已經長大了，到了可以來露營的年紀了，想當年啊，我和媽媽去山上露營，荒郊野嶺的，半夜還有人來收露營費，我付完錢，那人跑了，我才知道他是騙子，真是人生自古騙子多！」

「爸爸也會被騙？」阿甯咕不相信。

「這個世界，都是騙來騙去的啊。」駱爸想起今天去演講，遇到一群高中大姐姐：「她們是被校長騙去讀書的。」

「校長？」阿甯咕問。

「校長說走遍全臺灣，就他們學校的馬桶最大。」

「她們怎麼這麼好騙？」兩個兒子同時看著駱爸：

「你又想騙我們了，對不對？我們不是被騙大的。」

兩個孩子說得理直氣壯，不過，他們真的是被駱爸騙大的啊。

阿甯咕讀幼兒園的時候，駱爸跟他們說，天上有隻神龜，躲在白雲後頭盯著，看他們去讀書時，有沒有做壞事。

阿甯咕：「哥哥太相信你的話，他真的以為有神龜在看，連廁所都不敢去，他說怕被神龜攻擊。」

阿白不服氣：「你也是啊，你忘記鴨嘴獸了嗎？」當年，他們住在山裡頭，駱爸常常拿信回來，說是鴨嘴獸寫的信，上頭總是寫著：

你們在家要乖乖的，千萬不能自己去玩火！小朋友不可以頂嘴，長大了之後，要記得對爸爸孝順。

信的尾巴，還有鴨嘴獸的腳印簽名。

阿甯咕直到搬家，都還以為自己看到鴨嘴獸全家來送行，戴帽的是鴨嘴獸爸爸，哭得很慘的是鴨嘴獸家小妹妹，經過很久以後，他才知道，那是駱爸的手筆。

「現在我們已經長大了，再也不會受騙上當了。」阿甯咕說。

駱爸搔搔頭，還沒想到怎麼回答，手臂上一涼……

「下雨了！」阿白想跑出去。

「駱家好男兒，」駱爸笑呵呵的抓著他：「不怕風不怕雨，不會被這一點兒雨給嚇到。」

「而且，我們在露營。」阿甯咕一說，端端跟著叫了兩聲。

駱爸用個帥氣的姿勢，往天空一比：「今天晚上我們要看流星，希望也有不怕溫室效應的螢火蟲。」

一說到流星和螢火蟲，他們同時抬頭看看天空，天空什麼也沒有，只有越來越大的雨花。

雨一大，什麼也擋不住了，帳篷裡的棉被溼了，枕頭溼了，阿甯咕和阿白的衣服也溼了，駱媽撐著傘過來：「快下去吧。」

「下回再來露營。」駱爸說。

「爸爸，下回不能用蚊帳。」阿甯咕說：「而且要去真正的深山。」

「好啊，下回就去深山露營，因為你們長大了呀。」駱爸扛起蚊帳，駱媽抱著棉被，兩個兒子拿著手電筒，一家人從頂樓往下走，雨點打在地上，開出一朵朵雨花。

露營風

造句練習

1. 興匆匆……

我們帶著帳篷、鍋貼、睡袋，興匆匆的去露營。

改 我們帶著帳篷、鍋子、睡袋，興匆匆的去露營。

2. 無可奈何……

在頂樓露營，是一種無可奈何的方法。

改 我們只能在頂樓露營，是一種無可奈何的選擇。

概念不清，誰會帶鍋貼去露營啦？

那誰會讓兒子帶蚊帳去露營？

應該說是一種很有創意的方法！

我和哥哥比較喜歡去野外那種很沒創意的方法。

用心量苦瓜

阿甯咕家有個傳統，星期五晚上大家輪流指定片子，全家一起看。

今天輪到駱爸。

「希望是動漫。」阿白說，他上週挑的是多啦多夢大戰少啦少夢。

「爸爸不會選動漫啦。」阿甯咕

說：「一定又是什麼用心量苦瓜的難看片。」

「什麼用心量苦瓜？是用心良苦，良心的良。」駱爸揚揚手裡的《阿波羅十三》：「爸爸用心良苦，精心挑出這部史上最佳好片。」

一講起阿波羅十三，駱爸有滿滿的回憶。當年在電影院看時，主角是個跟他一樣帥的帥哥，那時拍片的技術、環境都不好，但故事卻很好，講三個太空人飛到外太空……

阿甯咕制止駱爸：「你說完，我們就不用看了。」

阿白也說：「我希望不會看到睡著。」

還好，片子真的很好看，阿白和阿甯咕都看得目不轉睛：三個太空人的船艙損毀了，電力也不足，維生系統故障，隨時可能偏離回地球的航道。

為了回地球，他們必須在沒有重力的太空船裡，透過地面上的指揮中心，大家同心協力，動手把故障的空氣濾淨器組裝好。

「你們說，這部電影是不是特別好看？」駱爸時不時要問一句。

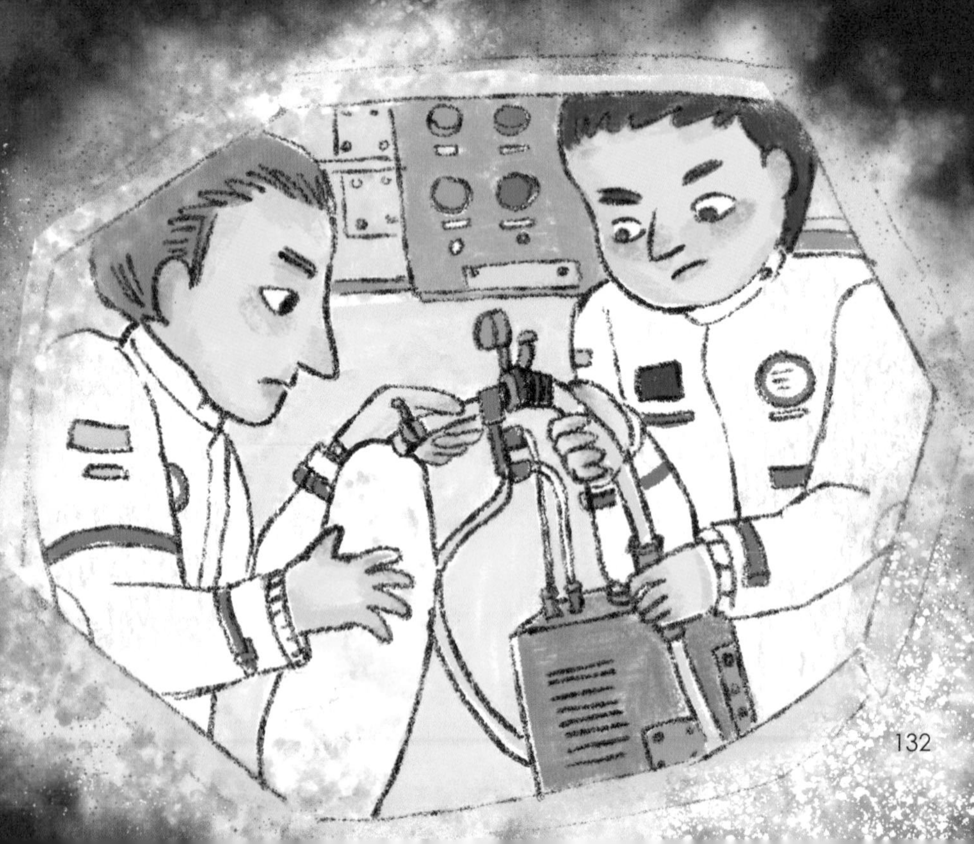

「別……」阿白說：「看電影……別出聲。」

「安靜！」阿甯咕說。

汪，端端也被打擾了。

駱爸閉上嘴巴，太空人還在黑暗的密室裡，想回地球，就得創造出返航的對策。

「阿波羅十三？哇，好久以前的片子啊，」駱媽回來了，手上有兩大包爆米花：「演到哪裡了？」

「快回到地球了。」駱爸向大家解釋：「這是媽咪問的哦！」

於是，駱爸快速的把電影重講一下。

大家吃著爆米花時，阿白憂心忡忡的想到：「爸爸，他們後來會活著嗎？」

「唉，這是一部悲劇，他們沿路奮鬥，度過各種難關，你以為他們會平安降落，但是最後的程序出了錯，那個降落傘結冰了，落下來時，衝擊力讓它裂成碎塊，救難隊抵達，把降落艙蓋打開，裡頭像是蚵仔煎……」

「騙小孩，」阿甯咕突然說：「哥哥，不要聽爸爸的，上次他就騙我們《西洋芹種地球》超好看，結果整部電影從頭到尾都在說髒話。」

「對，我們不再被你騙了。」阿白說。

阿甯咕還跳到駱爸的肚子上：「爸爸，說，你是騙人的，對不對？」

「啊？」

阿甯咕威脅著：「他們絕對會平安回來，對不對？」

「我以阿甯咕爸爸的身分發誓，我絕對不會洩露他們變成蚵仔煎的結局。」

「蚵仔煎，他們會變成蚵仔煎？」

阿甯咕看看駱媽，希望駱媽有不同的答案。

「我……我忘了，這片子都有好多年了？」駱媽急忙遞上爆米花：「多吃點！」

「吃再多，他們也不能安全回來呀。」

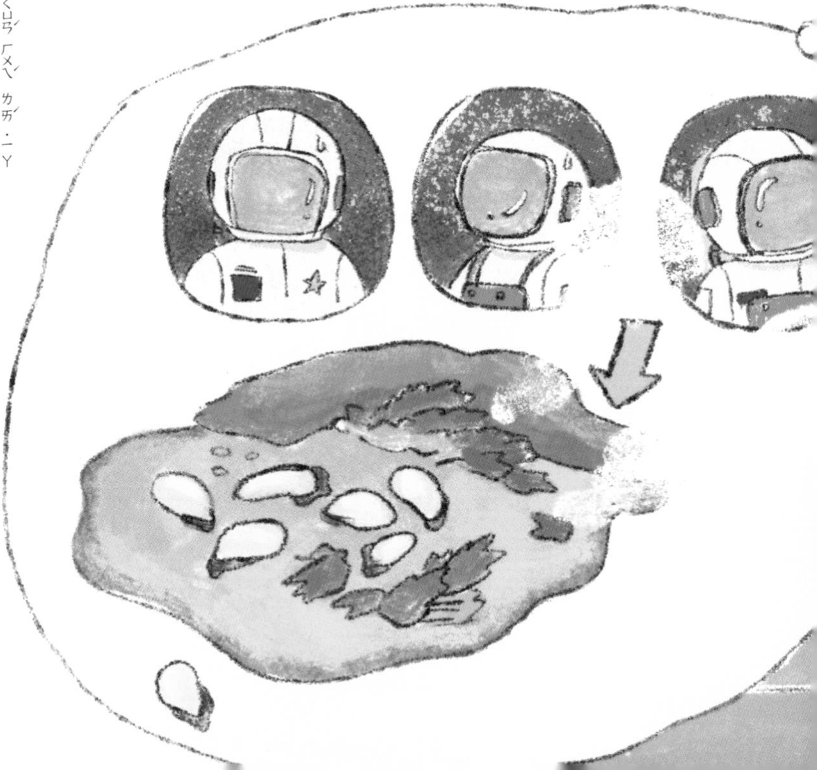

阿甯咕無力的坐回沙發，看著三個太空人，完成空氣濾淨器。

「他們還是會死啊。」阿白低聲的說。

「人生本來就不可能事事如意呀。」駱爸感慨的同時，阿波羅十三的降落傘打開了，它在太空中結冰，降落時撞裂成碎片……

可。是。竟。然。沒。事。

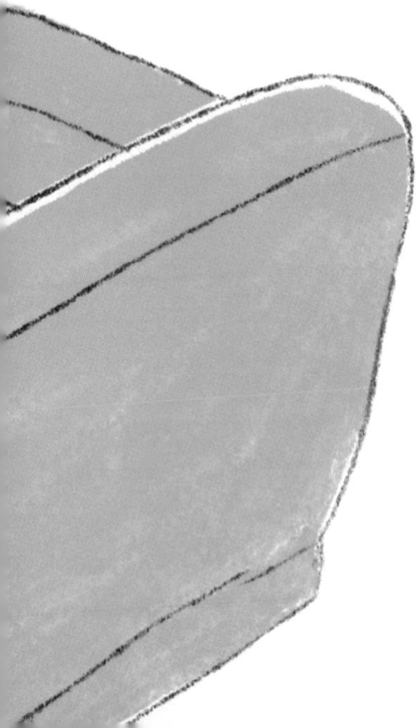

降落傘好好的降落，三個太空人鑽出太空艙，休士頓指揮中心的人們歡呼擊掌，緊張的家人相擁而泣。

阿甯咕和阿白懸了一晚的心放下了。

但又發現自己生氣了。

氣駱爸把他們當成小孩子一樣的耍。

兩個人站起來，哼了一聲：「騙小孩！」

「我……我是用心良苦，世界上哪有那麼幸運的事。」駱爸想解釋，但就連小狗端端也抬頭挺胸的，跟著小主人，趾高氣昂的，頭也不回的走回書房。

哼

砰，他們關上門，門裡還傳出兩個孩子的聲音：

「用心量苦瓜啦——明明只是看電影嘛！」

造句練習

到底有沒有看過下雨呀，應該是先起風吧？

那你到底有沒有看過電影呀，為什麼你的阿波羅十三結局不一樣？

1. 先是……接著……最後……

天空先是下了場大雨，接著吹風，最後打起了雷。

改 夏天午後，先是颳起大風，接著打起雷，最後下起傾盆大雨。

2. 一邊……一邊……

我的媽媽是大廚師，一邊煮菜一邊買菜。

改 我的媽媽是大廚師，一邊炒菜一邊燉肉。

難道你媽能分身，一邊在家裡煮菜，一邊跑出去買菜？

媽媽都是邊炒菜，邊用手機叫外送員幫忙買菜啊。

大功告成，
準備升空。
火箭(沖天炮)
引擎(風扇)
降落傘(破布)
我們就要飛到外太空。
計時器(鬧鐘)
噴氣孔(保特瓶)
千萬不要。
不可能。

這不是科幻小說。
作者
咦，如果大家都沒飛上天空……那誰飛上來了？
當然是你啊，沖天炮。
轟！
所以它真的升空了啊。
The End

閱讀123